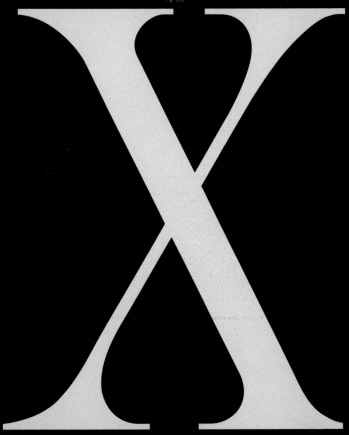

CLAMP
PREMIUM COLLECTION
엑 스

X

CLAMP

THEIR DESTINY WAS   18   FOREORDAINED, 1999.

엑 스

X

終

종 말

末

II

——

5

——————— 종말(終末) ———————

①모든 일의 끝.
②세상의 끝. 최후.

——————————————————————————

THEIR DESTINY WAS FOREORDAINED.
THE CHRISTIAN ERA

1999

PLANNING AND PRESENTS / CLAMP

카스미 카렌 님, 아오키 세이이치로 님,

두 분 다 무사히 돌아오셔야 할 텐데…

옆방에서 대기하고 있겠습니다.

…잠시 쉬어야 겠다…

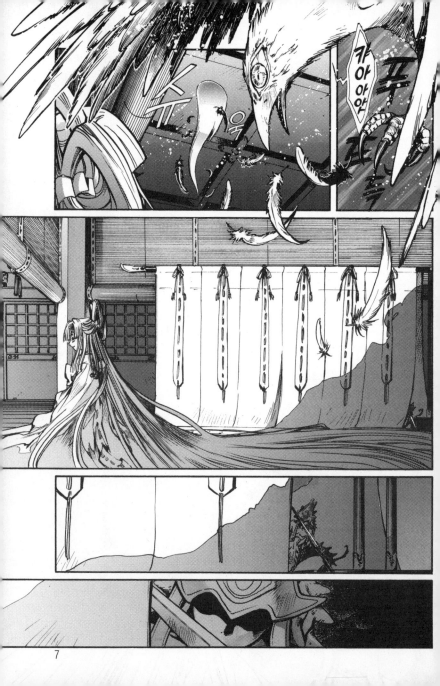

...모르고
있군요.

또
한 명의
당신은

저
호법동자의
존재를.

예전의
당신이라면
알아봤을 텐데.

8

그렇게
되기
전에

알아봐
줬으면
좋겠어요.

또 다른
나를
막아줬으면
좋겠어요.

하지만…

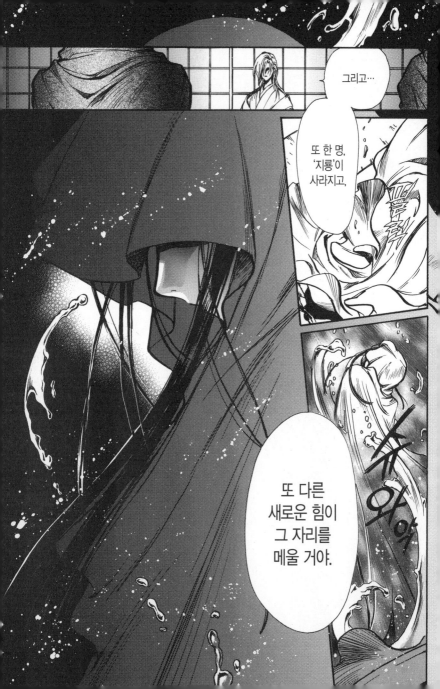

푸
드
득

푸
드
득

여긴
거의
무너지지
않았군요.

20

예전에
동물학자라는
한 손님한테
배웠어.

자신들이
있는 곳이
앞으로
어떻게 될지.

동물은
다 안다고.

그렇게
되지 않도록
노력해야겠네요.

파닥

파닥

푸드득

그렇
다는
건,

...저 새들은
이곳이 곧
파괴될 거라
여긴다는
뜻이지.

새의 촉이
빗나갈 때도
있을 테니.

키득

하여간
당신은….

근데
이런 소릴
하면
새들한테
좀 미안한가?

그것도
있지.

'덜떨어진
소리만 하는
사람'
이라고요?

당신도
'결계'를 펼쳐.

26

이곳 긴자도 도쿄의 '결계' 중 하나.

더는 이 이상 파괴되어선 안 돼.

만약 내가 잘못되었을 때를 대비해 당신도 결계를 펼쳐줘.

27

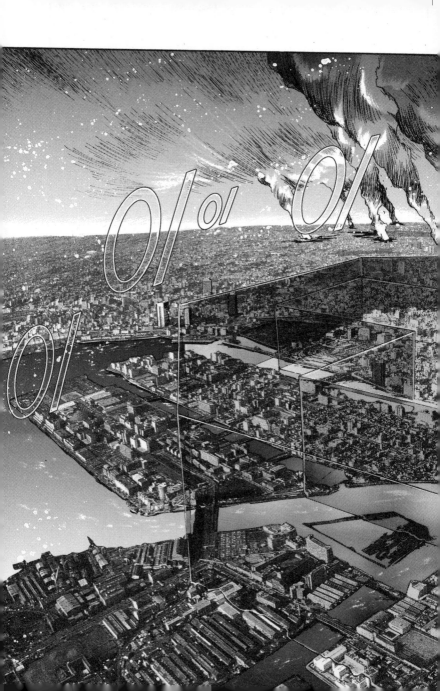

...왔어.

38

43

이상한
데요.

아까부터
계속
똑같은
공격만….

나도
그렇게
생각했어.

어…?

비켜주세요.

무슨
뜻이지?

난
시계탑을
부수러
온 겁니다.

여기서
비켜
주세요.

나와 함께
부숴버리면
간단한 거
아닌가?

감정 없는
인간은
그렇게
생각하지
않을까?

그런데
넌 내가
다치지 않게
해주려고 애썼어.

아까
그 공격은

'비켜'라는
뜻이었지?

카렌 씨!

괜찮아.
거기 있어요.

넌
'7인의 사자'지?

혹은
'지룡'이라 불리는
존재라고
들었습니다.

난
'7인의 사자',

카즈키는
'지구의 미래'와
관련된 자라는
말씀도.

그리고…

그 미래 끝에
카즈키는
두 번
죽을 거라고.

감정이 없어도
역시
나에게 넌
내 아들의
하나뿐인
고명딸
카즈키야.

하지만

커서
과연
어떤 식으로
자랐을지는
잘 모르겠다.

어릴 때
세상을
떠나버린
카즈키가

나는…
카즈키를
두 번이나
잃고 싶지
않다.

지구의 미래와
관련된 싸움은
안 일어날지도
몰라.

아니,
없애기까진
못하더라도
뭔가
알아낼 수
있다면

만약
'신갑'이
없으면,

…누군가
'결계'에
들어왔어.

카즈키
......

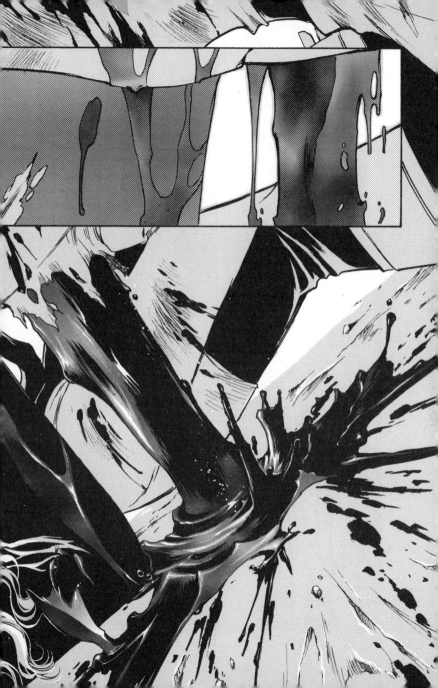

어…째서….

…당신과
내가.

최소한
오늘만이라도
카즈키의
소망을
이뤄줍시다.

당신을
지키는 것.

그게
카즈키의
소망
이니까.

그만
하죠.

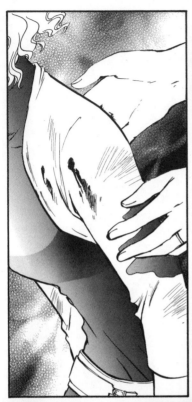

카렌
씨….

…
괜찮아.

그러
니까…
손을….

바보
…

넌
아무 말도
안 하는
구나?

그래?

오른쪽
눈은?

…보여.

모든 건
전 사쿠라즈카
모리와
현 사쿠라즈카모리
사이의 일이잖아.

아무 말도
듣고 싶지
않을 테니까.

두 사람
만의.

이제는
날 봐도
누군가로
착각하지
않겠지.

…그래.

당연히

그
오른쪽
눈의
주인도.

그 사람은
이제
없으니까.

어디
에도.

있잖아.

거기에.

그냥
네
마음대로
해.

사쿠라즈카
모리를
물려받은 것과
동시에
'지룡'의 공석을
메우긴 했지만

꼭
무언가를
해야 하는 것도
아니니까.

118

…하고
싶은
일 따윈

이제
없어.

자신이
죽으면
그 오른쪽
눈도
죽겠지.

그럼
죽을 건가?

생각할수록
참
이기적인
남자야.

그 남자…
사쿠라즈카
세이시로는.

그래서
스스로는
죽을 수
없다…
이건가?

그 누구도
다른 사람의
진짜 소망은
모르니까.

그렇
겠군.

몰랐어?

내 소망을
알아봤듯이,

넌
알잖아.

카무이의
소망도.

…네
소망은?

그렇
다면,

'지룡' 쪽
'카무이'는
그들이
같은 별
밑에
태어났다고
생각지 않아.

'카무이'가

'카무이'의
소망을
깨닫지
못하는 한,

미래는
꿈에서
본 대로
나아가고
있어.

미래는
달라지지
않아.

아,

소라타 씨가
누워 있는
방이
여기죠?

먼저
먹은 걸
알면,
소라타 씨가
삐질지도
모르니까…

소라타 씨
병문안 선물
나눠준
거예요.

소라타
씨한테는
비밀!

알았죠
?!

응.

응.

응.

?

다다다
?

똑
똑

어?

없어.

어린풍렬…

아니,
그런 상황은
아니었는데….

배고파서
나갔다거나…

잠깐 어디
외출한 거
아녜요?

무슨 일
있었어?

아라시
랑.

했다고
해야
할지…

아니,

있었다고
해야 할지,

135

그래도
지진으로
돌아가신
분들은
…….

아름다운
건······.

하지만···.

149

어디 가세요?

카렌 씨는… 나타라는 녀석이 있는 곳에…?

네….

곧 돌아 올게….

카렌 씨한테.

움찔

누군가가 죽지 않으면 안 된다니…

너무 이상해요….

다들
모여 있는데,
미안해.

고마워.
여기라면
분명
그 아이도
편히 잠들 수
있을 거야.

너의
소중한 사람도
옆에
있어줄 테니.

난 아직
출산 경험이
없지만,

마치
내 자식처럼
느껴진 것
같기도 해….

참
신기하지?

몇 번
보지도
못했는데.

말도
몇 마디
못 해
봤는데.

그 아이가
세상을
떠나버렸다
는 게…

너무
슬프고
괴롭고…

짚이는 바는 있었어.

그가 한 말이 그런 뜻인지는 잘 모르겠지만,

카렌 씨는 알아 들었나요?

아주 중요한 일이지만,

자꾸만 잊어버리는 것.

누군가를 소중히 여기면 여길수록 점점 잃어가고,

그 소중한 이에게 상처 줄지도 모르는 것.

그걸 잊고 사는 사람이 많은 건지도 몰라.

나도 그렇고.

나…도?

너도 그럴지도 모르지.

그 답은 다음번에 '카무이'에게….

그를 만났을 때 직접 물어봐.

너에겐 후마겠지.

…네.

혹시,

날 데리러 와준 거야?

아….

그것도 있어요.

그것도 있다는 건 다른 것도 있다는 뜻이구나?

혹시 둘이서만 해야 하는 이야기?

이제
남은
건…

도쿄
타워와

도청.

도쿄의
'결계'는

거의
다
파괴
되었다
….

CLAMP
PREMIUM COLLECTION

엑 스

18

2024년 7월 25일 제1판 제1쇄 인쇄
2024년 7월 30일 제1판 제1쇄 발행

작가 CLAMP
번역 이정운

발행인 오태엽
편집팀장 이수춘
편집담당 조미연
미술담당 최진주
표지 디자인 Design Plus
라이츠사업팀 이은선, 조은지, 정선주, 신주은
전략마케팅팀 김정훈, 이강희, 정누리
제작담당 박석주

발행처 (주)서울미디어코믹스
등록일 2018년 3월 12일
등록번호 제 2018-000021
주소 서울특별시 용산구 만리재로 192

인쇄처 코리아 피앤피

CLAMP PREMIUM COLLECTION X Vol.18

BLEACH

블리치

사신대행 일대기 능력자 배틀물,
다시 한 번 개막——.

쿠로사키 이치고, 15살.
직업 : 고등학생, 그리고….

「홀로」라고 불리는 악령의 흉흔 공격에 차례차례 쓰러지는 여동생들…. 구할 수
있는 방법은 오로지 하나, 「사신이 되어서 싸우는 방법뿐」, 죽음을 목전에 두고
해야 하는 운명의 선택에 고등학생 쿠로사키 이치고가 내린 결단은?!

Tite Kubo | 1~5권 발행 중 | 정가 12,000원 | 서울미디어코믹스